KB076998

소녀

소녀
한상유 시집

초판 인쇄 2022년 08월 25일
초판 발행 2022년 08월 30일

지은이 한상유
펴낸이 신현운
펴낸곳 연인M&B
기 획 여인화
디자인 이희정
마케팅 박한동
홍 보 정연순
등 록 2000년 3월 7일 제2-3037호
주 소 05056 서울특별시 광진구 자양로 73(자양동 628-25) 동원빌딩 5층 601호
전 화 (02)455-3987 팩스 (02)3437-5975
홈주소 www.yeoninmb.co.kr
이메일 yeonin7@hanmail.net

값 10,000원

ⓒ 한상유 2022 Printed in Korea

ISBN 978-89-6253-537-2 03810

소녀

한상유 시집

오롯이, 나의 토르소
혹은
목신의 오후 간주곡

연인M&B

오롯이,

나의
토르소 혹은

목신의 오후 간주곡

7부 성탄절 아침 기도

1부

목신(牧神)의 오후 간주곡

찔레꽃

햇살 짤랑거리는 꽃머리*의
저 때가
새삼스러우니
눈에도 담고, 얼굴
부비려다
아주

잊었었구나, 한 떨기의
앙큼함
할퀴고야 따르는
향기… 에
취하고 마는

뽀얀 꽃잎마다 담뿍 채운
노랑 꽃-
술

---

* 꽃머리: 꽃 피는 철의 첫머리.

사릉 가는 길

선길*에

차창 너머 섭적 올라선
둔덕 거기쯤

어느 해
어디서 와서 어디로 가는, 굽은
신작로 따라

왕방연**의 둘 데 없는 마음인 듯
흩날리던 배꽃도
아스라이, 옛이야기 에두르는
길가엔

이정표 하나

---

* 선길: 이왕 내디딘 걸음.
** 왕방연: 단종이 영월로 유배될 때의 금부도사.

비처럼 음악처럼

봉기타의 낭만도 그 시절도 잊혀진
방탄소년이
박차고 선 세상에서 김현식의
노래가 그
무슨 소용이라기엔 선술집 권주가로는 영-
손색이 없어, 아직도
귓전에서 맴도는 선율로
걸음을 멈추고 LP판의
손때 묻은 잡음처럼 깔리는
빗소리 아울러,

이왕지사
우산을 제치고 젖은 터에, 두어 번
되돌이까지

춘정 (春情)

가다가, 게
남은
잔상 속에
차마
머뭇하는 건

봄바람 스민 순간마다 쑥-
스런* 내음
도드라져 어찌나
솔깃하던지…

---

* 스럽다: 그러한 성질이나 느낌이 있다.

소녀

종지만한 어린 속내라도
야지러져*

봄바람 차며
제풀에
토라지든 나무람 타든**

둔덕에 해 떨어질 텐데
여태, 빈
바구니엔 설움이
철- 철-

---

* 야지러지다: 떨어져 없어지거나 찌그러지다.
** 나무람 타다: 꾸짖음을 받아 언짢아하다.

봄앓이

봄 들고
아울러 풀빛을 더하는
여남은 날

콧소리 맹맹하게, 때론
종잘거리며
천연덕스레 널평상에서 뒹굴던
점순이*는

담장을 넘나들어
앵두꽃 본 노랑나비
눈꼴시다
못해, 차라리

앓는
봄. 톡
까놓고 말하자면, 달보드레…
달뜬

---

* 점순이: 우리집이 제집인 길고양이.

무릇, 봄날이 간다

송골송골 멍울 신 앵두나무의 밤
그늘 밑, 카악-
가래 올려
뱉고, 한 개비
피워 문
동그란 입술로
〈사랑 그 쓸쓸함에 대하여〉*를 흥얼거리는
아랫집 그니…

도 그니지만,

대놓고
쓸쓸한 게지
싶게, 노여운
옆집 개나 차오른 달빛 젖어
쌍그레- 하는
점순이…

는 그렇다 치고

부질없이,
그 노래를 곱씹는
난…

---

* 사랑 그 쓸쓸함에 대하여: 양희은의 노래.

햇살

오디나무
한낱
여문 길섶에 애기똥풀들아
이쁜짓하렴 하고, 뽀얀
웃음꽃 제 먼저 터트린
조팝나무 가지마다
아랑곳하더니만,

점점이 박힌
산꽃이랑
연둣빛깔로 버무린 봄 한 소쿠리
꽃달임* 벌이자고, 그렇잖아
꽃멀미 어질한
바람 꼭뒤를 간질여요

쏘삭여, 열뜬
민들레 홀씨
곧
싸지를 터에

---

* 꽃달임: 여럿이 모여 꽃을 따서 전을 부치거나 떡에 넣어 먹는 놀이.

옛사랑

세월은 먼지,
털어 내면

기억은 아픔인데
도리어
곱쳐 갚아야 했던
설렘으로

새삼,
달뜨는…

더께 진 세월
털어내면, 여태
거기
서 있는 사람

풋사랑

굳이 마주치고도
무심한 척, 또
짓궂게
고무줄을 끊었지만
아이스케키 하는 놈은 두들겨 준

그 아이에게 설렘이 있어 혹 그게
나였으면, 아니
분명 그랬으리라만…

2부

사랑 일기

옛이야기 1
─우리는 스무 살이었고 앵두나무 아래서 토스티를 노래했다

논둑길 지나고
꽃비 내리던 담장 돌아
펼치던
스무 살의 향연이라며, 아직

어둠이 내리기 전
나지막이
'촛불과 같은 생-명 해 아래 눈같이'*
노래하려니

키 작은 가지마다

붉은
앵두처럼
알알이 맺힌 날들을,
깨문 듯

입안 가득
고이는, 새콤한

옛이야기

---

* 토스티의 기도 중에서.

24

옛이야기 2

나름 공주처럼 차려입은 아가씨가
샤랄라…
노란 우산을 접으며 올라
좌편 두 번째 좌석에 앉더니 이내
까딱까딱
김 서린 창 쪽으로 기우는데,
장승백이 삼거리에서 신호등이 깜빡이자
버스는 우회전 후 서둘러 다시 좌회전을 하다가
-궂은 날 공사가 다 뭐람- 제법
큰 웅덩이 진 거기서 한바탕 요동치니
새털처럼 가벼운 그녀 일단 창을 쿵- 박고
우로 갸우뚱하며 바닥에
철퍼덕! -일순,
뭇시선이 쏠리지만-
……
……

뭔 일 있었냐는 듯
분홍 원피스에 선명한 사과 모양의 두 쪽 얼룩을
툭- 툭- 털고 일어나 우산을 챙기고
좌측 둘째 자리로 사뿐 도로 앉아
바라보는,

차장 밖 거리엔
보시시…
봄비가 내려요

옛이야기 3

느지막이, 취기와 어깨를 겯고
뒤뚝이며 비안개 짙은 사당 고개 겨우 넘어
길켠 벤치에 앉았더니
신문지 몇 장 속으로 움츠려 잠든
사내가 부럽고, 왜 그리
졸음은 밀려오는지, 에라
책가방을 베고 누워
겉장을 슬쩍…, 덮었는데

문득 느껴지는 시선으로 깨어 보니, 부옇게
밝아오는 날에
덮은 걸 모두 내게 주고, 앉았던 그가
대뜸
소주병을 내밀더군. 목이나
축일 테냐고

옛이야기 4
—비 오는 날의 詩

거리의 가로등도
십자가도
이는 붉고 저는 차갑게 젖을
뿐, 지린내 전 반나절
삼류극장에 숨어 졸던, 썩은새*
이고 산 적 없는 서울내기가
지지랑물**빛
詩를 쓴다. 문래동의
뒷골목 굵은 작달비는
찌든 심상(心象)의 물꼬를 튼
팻물***이 되어

목로 귀퉁이에 녹슨 조개껍데기 위로
떨어진 자리 또
떨구는 낙숫물 소리 여간
섧게,

끄적인다.

---

* 썩은새: 오래되어 썩은 이엉.
** 지지랑물: 비가 온 뒤 썩은 초가집 처마에서 떨어지는 검붉은 빛깔의 낙숫물.
*** 팻물: 가뭄이 심할 때 순서를 정해 가장 먼 논부터 대는 물.

옛이야기 5

축하한다며 모인 1차가 아쉬워 어묵과 데운 술 몇 잔을
더 걸치고 어둠이 내린 광화문 모퉁이 허름한 카페에서 듣
는 김현식의 〈겨울 바다〉 여운으로 누군가 기타를 건네기
에 〈시를 위한 시〉를 노래하면서 광안리 바다가 보고 싶다
생각했는데 목이 타 깨고 보니 흔들리는 풍경… 이 웬일인
건지 호주머니를 뒤적이다 부산행 열차표를 꺼내 쥐고 거
참, 자정을 넘겼으니 출근 첫날에 들어서는 대전역엔 상행
선 무궁화호가 교행하고 있었다.

옛이야기 6

슬그머니 훔쳐보나, 세풀에
얼굴 붉히는 친구와
마다하진 않지만 조금은
어색하게
도톰한 입술 사이로
연기를 내뿜는 그녀 사이가
편치 않아, 둘러대며
일어서려 해도, 눈치 없이
붙잡더니
잔을 비울수록 게슴츠레한
눈길 속
벌그레한 그녀는
거리낌이 없는데…

녀석이 사라졌다.

옛이야기 7
―대포항에서 진주를 캐다

굽는 냄새 자옥한 선창가인 걸 괜스레 그
노점에 끌리던지, 석쇠에
조개 한 무데기* 얹은 할메가 이내
이웃과 삿대질을 해대도 이런 어리뱅이**는 눌러
참으며 한 점 넣은 첫 입에
아작, 돌을 씹고서야 우라질-
어깃장을 놓을 참인데, 뱉어 낸
살점 사이
동그란
뭔가에서

영롱한
검은 빛이…

---

* 한 무데기: 한 무더기.
** 어리뱅이: 어리석은 사람(어리보기).

31

옛이야기 8
—우리 둘이 터미널 찻집 창가에 앉았을 때

가긴 가야 한다며 조바심
난 척
입술을 오므리거나
미간을 살짝 찌푸린다 해도
외면하면
세모난 눈길로
작심한 듯 내뱉는
그녀에게
그렇고 그런 투의
얘기, 하물며
승강장 주변을
시외버스의 차폭만큼 서성이며
켕기고
또
찡기는 사이, 바스스… 열린
문을 닫고, 사실
작심한
저네들의 속내를 부추기며 떠나는
막차

옛이야기 9

창밖에 눈이 내린다고, 서글프면
서글픈 대로
백마역엘 가야겠다고
눈싸움하다 뒹굴기도 하고 언 손 녹이며
막걸리를 들이켜더니 일렁이는
눈망울 젖어

그래야겠지만
함께
하고도 싶어. 해도
말이 없어 한 번 더
물으려다, 아주
맥빠진 웃음을 보이고는…

몇 번인가 전화를 걸어
뭐 하고 있어? 묻기는 했지
가끔, 잘 있는 거지? 라고, 나도… 그렇게

멀어지는 아주
야속한 결심으로 찌푸리던 미간마저
또렷한 밤, 하늘
보며 그땐

미안했어, 하기도 멋쩍어
시큰해진 코끝에

눈이 내리네요.

제3부

감파랑 들다

파도타기

점점이 들썩이다, 막아서면
삼킬 듯
벌어지는 저, 저, 저
아가리 속으로

기어들어

가장 날카로운 이빨 앞에서
두 팔 벌려
나래짓 아작
씹힌 줄… 지지배
감파랗게
웃어, 밀려오면

화롯불 위에
성대 댓 마리쯤, 붉게
허기지는 바다

을왕리

서툰 개꾼*에겐
반나절쯤 질척여도, 좋지

어스름 선창께서 비린 바람
훅- 훅-
찔러대더니, 꾸-욱
눌러 담은 지퍼 팩이 터진 듯
생떼거리로 물
차오르면

덤벙거려, 좋구

---

* 개꾼: 갯벌에서 조개, 낙지 따위를 잡는 일을 하는 사람.

무의도

이젠
섬이야. 라며
내게 강 같은 바다를 건너 다시
섬 속의 섬에 선길, 설핏

낮달이
희끗하건, 물썬 갯벌에
고깃배마다 코를 박던
다만
반건조 박대 구워 탁주 한 잔
걸치자는데

겨울 여행

제철이라고,
하양*
찬 바다로 맘이
쏠려

디리
내삐자. 꼬드길 땐
언제고
얼레,

또 한 자슥
저도 싣고 갔으면 하는 청주(淸州) 언저리서
출출한 속에 한 잔씩 걸치니

후포리에 대게가 동난대도
서둘,
택도 없다. 야덜이

---

* 하양(遐壤): 멀리 떨어진 곳.

게난마씸

1. 1100고지에 일렁이는 파도

산중의 어섯*··· 이라기엔
생명의
별
세상. 에서
물 한 모금 물고 날아오른
매
의 하늘 남쪽으로
마라도에 닿은 검푸른 바다, 거센
물결은

대양을 가로질러 와 막
우쭐해진 건지, 늘
그런 건지

게난마씸**

반짝이는 어깨를
연신,
들먹이긴

---

* 어섯: 한 부분에 지나지 않는 정도.
** 게난마씸: 그러게 말이야(제주 방언).

2. 뱃길 50분

물이랑이 이리 깊은 줄이야… 이내
키 높이로 솟아
냅다 박힐 땐 악! 소리 나더만, 너울
치대자 좌우로도 요동치는 불과
몇 고비에 까라질 대로
까라지고 (나
말고도) 누렇게 떠
채신이고 뭐고 신음과
신물을 삼키느라 상괭이 서넛 뛰노는
호호망망한 거기서는
못난
주제에, 저만치
송악산이 뵈고 살판난 젊은 축들 나댈 즈음

게난마씸, (나
말고도) 추어올리는*

꽤 가뜬해진, 뻔한
속. 들 속속들이…

_____

* 추어올리다: 정도 이상으로 칭찬하다.

3. 아주 오래된 기억

톨* 멍석에 주저앉은 할망은
일손만 세지
힐끔도 않으시더라만, 그때
어색하게 마주친 섬
아이들의 목덜미를 스치는 바람결에
고양이털처럼 흩날리던 햇살
눈썹에 달고

서너 집 돌담을 더 돌고서야
뱃전에 들먹이던
비릿함과 아울러 길모퉁이 찻집의
창가, 커피잔 속에 잠긴
잔상… 여간
흐뭇했던 게지

게난마씸

---

* 톨· 톳의 방언(제주).

봉포로 가는 길

시지근할까마는*
낡고 털털한
얼굴, 손사래에도 거울 속 사내는
정수리까지 허여니

염색부터 할까 하다
힐끔, 꽃다운
시절은 당찬 젊은이들과 난
짙은
에스프레소의 여운으로 남은
시오리
남짓, 그 사내 때론
보채더라도

큰 산 감아 도는 노을빛 고운
길에 다신 없을
마음
구겨, 쥔
채

봉포로
가야겠군

---

* 시지근하다: 쉬어서 냄새가 조금 시금하다.

정오^(正午)의 섬

개^(犬)들의 어깻죽지가 무료해진
바닷새는
뽀얀,
등덜미에 서로 떡칠하는 연인을 싸잡아
점심거리로 과분한 걸 마음껏 고민하는 가족 중
어리둥절한 개에게
이보우, 하며 알은체를
않고

코 빠진 고깃배나 일탈을 꿈꾸는
아줌마들에게
시골 소녀로 돌아가 달뜬 수녀님과
제 팔자를 잊은 반건조 박대에게 햇살이나
파랑의 무게도 숙취처럼 거칫거릴
가책도 묻지 않을

자-
지금은 정오

래퍼가 꿈인 소년이든, 그 아이가
못마땅한 아빠든 혹
오늘이나 낼이면 안주거리로 오를 대야 속

개불이든

새의 눈 밖에 난
순간을
당돌하거나 쭈뼛거린대도

그뿐이지

덕적도 파시_(波市)

아주 오래전부터
풍선_(風船)이 닻을 내리던 섬이니
오늘과 같이
선들거리기만 했을라구요. 때론

희번덕,
눈을 부라리며
먼 바다서 차고 오른 열대의 광풍이
사납던 그 참에도
견뎌 냈는데

화려하던 날은
잠시간,
혼자 무너져 내린 망루가 그러하듯
떠나간 사람들과 잊혔으니

바람과 파도가 다독이기로
풀등이 섰던 하세월이
다-
속절없다는… 그런
게지요

포구에 눕다

박인 비릿함도 그렇고 기대어 선
어스름 일렁이며, 뭉글거리는*
옛이야기 토렴하듯

삭지 않고 굳이 기억되는 그날의
거기, 선착장에 닿는
거리와 먼저 떠나는 바람의 습한
손짓과 분홍 바탕에
미키마우스가 앙증맞은 우산을 들고
다가와,
'청맹과니. 의
낯익은 우울함이군요' 라고
나지막이
되뇌는 목소리와, 맥빠진

잔상(殘像)을 뒤덮은 비안개, 에 부딪는
바다의 소리, 를 눌러듣는**
부둣가. 에 덩그마니, 넋없이, 붙박이듯,
눕다

---

* 뭉글거리다: 어떤 감정이 북받치어 가슴에 뭉쳐 있는 느낌이 자꾸 들다.
** 눌러듣다: 탓하지 않고 너그럽게 듣다.

제4부

흐린 하늘

남이섬 가는 길

일렁이며
저녁 햇살 마냥 수런대고도
읍(邑)에서 품
너른 강줄기에 안기는
풍경 중에,
갸웃갸웃 비둘기호가 다다르던
소싯적의 역사(驛舍)
서편으로

스무 살인 양 키들대며
광장을 지나 본 구름발치
찬 빛깔마저
섭적
풀어져, 내리는
모롱이에

꽃-노을
지펴 놓은 길

가을 산행

1. 갈잎

거반 빈 가지
사이로
볕 바랜 온기 비집고 드는

돌아보면
선한
꽃다운 날, 의 뒤안길을

낸들 가긴 가네만, 가도
가도 남은
이승의
타래처럼 엉클어진 가랑잎
살그랑…

살그랑 훑어, 앞서는 소슬바람
무정한, 옹크려
나지막한 오후였지.

2. 눈물

자작나무 숲에선
녹음(綠陰)이 청춘처럼 에이거나
기울거니, 멀건
거죽 아래 거뭇거뭇
옹이 박힌 창백한
귀와 그것 참

햇살 한 줌 지리며 가을과도
이별이 바삭거리는
눈시울

3. 기념사진

바람 끝 변한 모롱이에선
어색했지만,

뒤풀이 술청이
더
어색했지만

으레,
박아 둔

향기도,
소리 없는 순간들

청평역

강줄기 숨은 산
발치께로
설핏, 닿은
정차역에선 새파랗던데
벌그데데한 그런
네댓 사람이 덜렁덜렁
이아치다가*
찡겨, 거듭 문 열리자, 갸웃
섰던 햇살도 냉큼 올라
타
덩달아 복작거리며, 이내

산그림자 덧실어, 느릿한
북한강을 따라잡고

서울로

---

* 이아치다: 거치적거려 방해되다.

낯가림

1. 평내

개망초 흐드러졌을
산자락, 묘원(墓園) 근처
아파트단지에선
입주가 한창이던데
무슨 면목으로든 꽃밭이라도 가꾸며
행복하시길 바라 마지않지만

긴 터널 끝에서 도지는
심한
낯가림. 요사이
부썩 발보이는*
소읍(小邑) 둘을 연이어 가로지르는 건

---

* 발보이다: 자랑하느라 일부러 드러내 보이다.

2. 동탄

그렇다 하더라도, 족히
천리 길을
간간히
간간이 잇다가 꼬리에
꼬리를 무는 거기쯤은
헐렁한 줄 알았다가, 괜스레
꽁하고
틀어진 심사(心思) 혹은

긴 서열(序列)의 끝에 선
심한
낯가림. 세로진
넘사*,
판교에 못미처

---

* 넘사: 넘사벽.

자가 격리

방구들 지고
누웠다가, 색스런
햇살 안은 갈바람이랑
마실돌이 따라나선
박새의 호사에 버럭, 날이

잘~도
드냐고, 니들만

주말 죽이기

눈부신 바람의 눈초리 뭉-
때리다,*
낑낑대는 시츄
엄마
노란 리본을 맨
개의
똥자루나 쥐고 쪼그린 거기로
성큼
길어진 108동의 그림자 덤덤히 지날 때쯤
동난
무료함이 아쉬운지
주섬…
주섬 챙길 건 챙겨
편의점에 한 번 더 들을까,
길 건너 순댓국집은 문을 열었을까
주절…
주절거리며 집으로

---

* 뭉때리다: 능청맞게 시치미를 떼거나 모른 체하다.

꿈꾸는 2호선을 위한 축원

이방인(異邦人) 둘과
모국어로 졸고 있는 그녀와
고개를 처박은
누구라도
존귀하시니
장장
이태 봉한 입을 감히 벗는
겉잠의 꿈
에조차

찌푸린 눈살들이 내뱉듯 꽂히거나
외면당하진 않기를, 깨일 듯
마는 잠시나마 부디
어깨 부딪던
그
거리를 나대던지

일거리라면 일거리대로
이야깃거리,
먹거리, 짓거리 다 이냥
저냥
재미나시길…

pandemic

19반두*에 걸려들어 헐떡이다
제 살 깎기. 하물며
가신 이의 뒤안길
참
허망한데

오대강 다 덜미 치고 만장한
8월. 먼-
나라의 곡소리에도
애달아
가슴 붙죄고

---

* 반두: 양쪽 끝에 가늘고 긴 막대로 손잡이를 댄, 물고기를 잡는 그물.

2020년

화를 거두련다만
여름은

온갖
술이 흐르는 축제의 갈음-신음 소리
일 뿐더러

연년이 솟구친 한탄강이
깃들어 사는 동리와
난들*을
휩쓸었는데, 하다 말고
말면 아주 마는 겨?

* 난들: 마을에서 멀리 떨어진 넓은 들.

제5부

야상곡(夜想曲)

막사발

돌고 돌다
여기,
망댕이*를 쌓아

밟은 꼬막 거듭 밀고**
올려
호리듯
물레 차며

잔을 만들자
접시와 밥그릇을 만들자
매병을 빚어 청자유$^{(靑瓷釉)}$ 입히고
갈필로 휘돌린 달 항아리며

가마에 들임이니

한바탕
불과 어우러져, 건진
여남은
흙의 변주$^{(變奏)}$… 에는

---

* 망댕이: 가마를 짓기 위한 진흙 덩어리.
** 꼬막밀기: 흙속 공기를 빼는 작업.

64

시를 읊듯, 찻잎
떠가는

사발 하나

차와 웬 떡

어린 향 식기 전에 비비고
다시
치대며 색
변치 않게 맘
다잡고 아홉 번을 덖어
우려내는 투박한
사내의 손
놀림으로 오늘은
오늘, 내일은 내일 다시
거듭되지 않는 정갈한 맛을
올리는 일 그리
쉬이는 아닐진대, 아울러

시룻밑 깔아 떡쌀
안치니 사뭇
설레는

전작해례^(解例)

—연세 1, 2에 관하여

빈
깍정이 속, 또
한 굽이
찬바람머리엔
물갈낭구 물드는 소리

새삼
허망하더라고,
맹탕이라 끼적이며 어둠과
더딘 새벽 사이 다다른
모진 듯
걸진 봉포에서

객쩍이, 여백으로
갈음하는

詩

달에게

에둘러 맴돌다 마주친
밤. 꼭뒤에 서리 앉아
서늘한 달돈이와
덩달아
치닫는 속을
너만
모를까, 23.5도쯤
삐딱한 거지 뭐

달빛은 젖다

하매나*…
서성이다가
으스름 스민 탓을
물어도

여남은… 그
사내의
비척걸음 따라
가며

대답 없이…
쓸쓸한 눈길로
아주
스민 듯

못내,
무너지는 어깨 위에
달빛…은
먹장

---

* 하매나: 이제나저제나의 방언(경남).

겨울비

곱은 손을 불 듯 녹여
좋으련만

뚝방길 젖은
벤치 위, 여윈
벚
가지 끝에 맺은 빗방울들
하나
코끝에 터트리는 마음의
탓도… 더디
더딘 망각도… 너테* 아래
여울. 여태, 숨죽여
흐느끼다가
또,

돌부리에 걸채이는

---

* 너테: 얼음 위에 다시 물이 얼어서 여러 겹으로 이루어진 얼음.

참회

늦추 오는 눈은 쌓일 겨를 없이
녹아내려
어둠을 흐리며, 시린
3월의
목덜미를 타고 흐르는, 그냥

가도 될 길

뚝- 뚝-
흠지는 지난날을 서성인다고
끝날 것 같지 않은 참회의 끝에서
그리움만 남을 때까지

그 거리,
모퉁이에 외등 하나 기대어
옴팍,

젖는다

몸에 관한 단상 1

늘- 그렇듯
지극히 넓은 아량으로
그가 그의 옆에 그가 다시 그가
따르며
"내 잔을 들라." 하시니

낡은 거죽은
부풀대로 부풀어
오늘도
대폿집을 나서려다
혹
봉제선 하나 터지면…

몸에 관한 단상 2

잇몸치료제 광고가 부추기는 대로
씹고 뜯고 맛보고 얼쑤, 즐기고
어디 그뿐이랴
눈으로 보고
손가락으로 느끼고
두 발바닥으로 딛고 선
기쁨을 고해함은

아내의 발을 주무르다가,
붉은 노을 강 위에서 사위도록
병원 담장 밖을 거닐었음에

몸에 관한 단상 3

"늘어지셨군." 또
"꽤나 드시는군요."라는 남편의 소리
거북해
뭘 좀 덜 먹으려다 웬걸, 매운 닭발 앞에
여지없이 무너지니
개팔자라서 병나고
노상 저러다 말더라고, 기록된

허리둘레로 읽는
그녀의
자전적 연대기(年代記)

소심한 책 읽기

이 책 71쪽 하단에서

'그리고 조금 뒤에 둥근 치즈 두 덩이와 석류 한 광주리,
건포도 한 단지, 말린 무화과, 그리고 큰 병에 든 라키 술
을 보내왔다.'니

조금 뒤라면 30분 혹은 1시간이나 2시간쯤이지 하루나
이틀 후는 아닐 테고 〈톰과 제리〉에서 제리가 죽고 못 사
는 구멍이 숭숭 뚫린 둥근 치즈는 냄새가 고약하다던데 에
게해 남단의 섬 둥근 치즈는 어떨런지 석류 한 광주리면
두 사람에겐 좀 과하지 싶고 그곳에선 달디단 건포도를 즐
겨 안주 삼는 건지 건포도를 단지에 담는 이유가 있는 건
지 혹은 석류를 광주리에 담 듯 선물이라서 그런 건지 무
화과를 먹어 보긴 했는데 그게 건자두처럼 말린 것은 아
니었지 싶은 걸 딱히 어디에 담았다는 말은 없군 라키라
는 술이 증류주라면 꽤 독할 수도 있는데 큰 병이라면 소
주 됫병만한 걸까 암튼 두 병은 아니라는 말이겠고 그리고
보니 소상해 보이는 몇 줄조차 상당히 모호한 채 넘어가는
글머리에 열넷째 줄이나 열다섯째 줄이 아니라 하단이라
는 건 아주 끝은 아니라는 말인데… 그나저나 이걸 시라고
우기는 거야 뭐야

75

제6부

바람이 전하는 말

바람의 말

산사(山寺)에는요
노스님과 나랑 거미가 살았는데요

스님, 언제부터 일삼아
거미줄을 거두시는 건요

멋대로 깃들여 품은
박새의
알들
깨어나 포롱거리다 행여
엉겨,
버둥댈수록
옥죄면, 그
날갯죽지를 펼쳐

푸서리*며 장다리꽃 새로
나댈 수는 있을지… 제멋대로
다시
깃들 수는 있을지…

해서, 라고요

---
* 푸서리: 잡초나 나무 따위가 무성한 땅.

드뷔시의 고양이

낌새에 부대끼다,

건반 위를 걷듯 느린 걸음
걸음, 어렴풋한 그리움을
알 수 없는 누렁이
짖을 테면
짖으라지

설렁거리는,

담장 위
달빛에 바투, 가슴
옹크린

길냥이

그리운 이 말고
허기랑 나눈 이야기가 긴- 그런
오후건만,

담벼락이 응받이*며 따스운
발치를 내주어 사뭇
낙낙한 참에
집적이는 햇살 앉혀 놓고, 풋바람 든
흰나비 들으라고

발길에 채며 헤맨들
허기와 다툰 이야기뿐이겠냐~ 옹
겠냐~ 옹,

냐~ 아 옹!

---

* 응받이: 응석을 받아 주는 일.

며느리밑씻개

이름 없는 꽃이 있을까만
하도
서슬이 딩딩하니

혹
똥구멍을 헐게 할 만큼
미운 정이
들었다는 말은

행여라도…

쑥부쟁이

가지 끝에 두어씩
자칫,
으아리며 개망초도 젖은 터에

오- 달진*
꽃술에 취해

낮은
바람결에 선들거리는
여우비의

자줏빛 방울춤. 떨구든
스미는
송이송이 꽃다운
꽃무리를

둥둥
햇살이 어르는

---

* 오달지다: 마음에 흡족하게 흐뭇하다.

장미와 레이*

가시처럼 찌르는
눈빛으로도
도리 없었겠지. 모르는
어떤 날들 지난 그날
안겨, 터져 버린 눈물보와
길 위를 터득한 뱃구레는
쪼그라들 새 없으니, 살

내린 건지… 방랑을 거세당한
몇 개의 정물(靜物) 중 유독 붉은 장미에게
기지개를 켜듯 내뱉는 투덜거림
맥없이, 거센털을
곤두
세울 일도 없이 소파의
주인이 되고

---

* 레이: 아픈 몸으로 식구가 된 길고양이.

도롱뇽을 위한 기원

그 시작은 일렁이던 바다가
솟아 몇
방울씩 패인
동굴 속, 즉 달도 별도 뜬 적 없는
덕항산의 마음에 어느 겨를 깃든
네
족속. 기왕 너의 본토
친척 아비 집을 떠났으니

잘 좀 살았으면…

참치*

조심스레 길을 건너 누군가 문 열길 기다려 편의점에
들어갔던 녀석이 -아주 '똘이장군'을 밝힌다는데- 다시
좌우를 살피고 건너와
우리집 문간에 영역표시를 하다 -늘 하는 짓이지만-
궁둥이를 맞은 게 꽤나
노여웠나 보다. 아무렇게나 주차장을 가로지르다
일낼 뻔
꽁지 빠지게 내달리더니, 며칠
먼발치서 -평상이 제 것인 양 늘어져야 하는 걸- 흥
고개 돌릴 땐 언제고, 꽃집 부부 소풍 간 날
홀쭉해져 찾아와
눈길을 주지도 않으면서 우겨
배를 채우고는,
손등 한 번 핥아 주련 돌아서다
멈짓… 천연덕스레
문간에 영역을 표시하고
제 집으로

---

* 참치: 우리 동네 꽃집 개.

나이테 사랑
—두 사람이 노래하듯이

눈물 자꾸 보재년 흐려지는

나의…
      눈길 닿는 곳에 그대 있어도

말로는 알 수 없으니 그저 느껴야 할 뿐
말로는 알 수 없으니   조금 조금 조금씩

     사랑은 나이테 같아 봄 여름과 가을의 일들
긋는   나이테 같아

아로새기는데
아로새기는데

차라리 토라지면서 툭- 쏟아 놓은

마음인들   옷비걷듯
       다만 함께할 수 있음에

창밖 온기 움찔하여 긴 겨울이 와도
푸   름   바래고   조금 조금 조금씩

사랑 나이테로 그려져, 남모르게
더한　　　나이테로 그려져,

간직할 수 있겠지요.
간직할 수 있겠지요. 혹은

아름드리 되어 다시 푸르른 날 깃든
아름드리 되어

햇살에 속삭일까요
햇살에 속삭일까요

눈물 자꾸 보채던 날들을… 봄 여름과 가을 겨울의
　　　　　　　　　　　　　봄 여름과 가을 겨울의

일들을…
일들을…

제7부

성탄절 아침 기도

산다는 건

묻고 또
물어도
알 수 없던 걸
되묻자니, 도무지
모호한 하늘의 뜻에 따라
그냥
일어난 일이고
그게 나인 걸
느닷없이 세월 흘러
새삼,
아랑곳할까

자화상

땔감으로 쓸
야크 똥으로 범벅이 된
손을 문지르고, 티베트의 아낙과 두 딸이
해맑게 웃으며
차를 따를 땐

걱정을 해서
걱정이 없어지면
걱정이 없겠다.* 는
그네들의 말을 되뇌었지만

바람 찬 고원(高原)의 외딴 움막을 나서려니
개똥밭은 싫고 어쨌든
이승에서 구르려면
그게 뭐라고… 움켜쥔 손이
서글픈 게다

---

* 걱정을~없겠다: 티베트의 속담.

나의 詩

먹고살 재주라기엔…

판에 박힌 일이 싫어, 싫은
공부하는 핑계로 고리삭은*
청춘에 아주
놓지 못한 소이(所以)

---

* 고리삭다: 젊은이다운 활발한 기상이 없고 하는 짓이 늙은이 같다.

맛있는 주말

처마끝 낙숫물이
평상에 좀 들이친들, 하물며
장단지쯤 다 젖어도
신이 나서
걷어챈 개 밥그릇은 몰라라
애호박 실한 걸로
뵈는 대로 청양고추 몇 개랑 따
쟁여 놓은 막걸리
이미 한 사발 들이키며 전을
부치자니, 뭐라
종알거리는 마나님은
챔기름*을 섞어
장을 조르르… 허면

사는 거이 게미진
오후.
겁나게**

* 챔기름: 참기름.
** 겁나게: 매우(전라, 충청).

난해한 속사정

국물 마시듯
밥을 마신다.
김치며 찬을 마신다.
좌우지간,
임플란트를 열댓 개는 해야겠다면서
소주에 곁들인 삼겹살마저 우물쩍
삼키지만

2차를 마다하는 일 없는
그의

어찌 저리
멀쩡한,

속

山 101번지

걸핏하면,

관악산 중허리의 반은 넘지···
싫게 이어지는
골목길. 의 수명을
다한 번지수 중에 막걸리에 밥 말아먹는 그 집
여편네가
홀랑,
문지방에 걸터앉는데

아랫동네 공사판의 기중기로
마지막 햇살이 내려지면
스멀스멀 어둠이 오르는
공중변소께부터 질척대는
개골창을 거슬러

낮술 탓이라기엔
늘
그러니- 대놓고
숙덕이길- 서방이라고 용케도
기어드는구먼

벌짓거리

속속들이 훑든, 얼핏
어디선가 들었든

호랑이와 독도의 바다사자는 기왕지사.
살길이 갈린 길섶에서
하늘다람쥐는 구름-
숨쉬기 힘들어진 열목어도 그렇고-장이
비낀다*는데도, 예서

제서, 울퉁불퉁한 땅거죽마다 성심껏
펴는 짓거리는, 이미
1400그램 골 사이 및 산하^(山河)의 불온한
예후

---

* 구름장이 비끼다: 걱정스러운 기색이 어리다.

가자*

그녀의
어린것들을

-옳고 그름이 아니라,
대놓고-

선한
사마리아인인 척
쳐
죽였으니

제사장과 레위인 및 당한 이방인들이 서로
애통하며 가슴을 찢다가

다짐하는
섬기는 자의 이름, 즉

부재중인 神들마다
기가 막힐 테다

---

* 가자: 팔레스타인의 가자지구.

기도

내가 용서하오니
그를 용서하소서. 비록
그가 용서하는 걸 잊고
갔을지라도
나를 용서하소서.

천사들이 송사할 줄 알고
까마귀 서넛 하늘에 고해바치는
은밀한 것과
백주에,
매미들 죽어라 세상에 들추는
부끄러움 모두

그가 용서하는 걸 잊고 서둘러 떠난
것과 다만 나
살아 있음에… 용서하소서.

성탄절 아침 기도

말씀이 육신을
입어
이 땅에 오신, 그

말씀에 기대어
이와 같이

빵 한 조각의 식탁과 무릇
허름한 처소에 누웠을지라도

눈을 뜨는 뭇
아이들과,
엄마에게 허락하신 소망을 인하여

기뻐하는 이 아침

이루실 일을 위해
감사하게 하소서.

사건으로서의 과거,
시공간을 멈춰 세우는 힘

김남규^(시인, 문학박사)

필연으로서의 가능태, 시

일반적으로 우리는 시간을 하나의 '흐름'으로 이해하고 있지만, 시간은 우리가 분절할 수 없는 추상명사다. 다만 우리가 선형적이라고 생각하는 시간을 사후적으로 '과거-현재-미래'로 재구성하고 편집할 뿐이다. 따라서 '모든' 사람은 상이한 체험과 기억에 따라 서로 다른 시간(kairos)을 살고 있다고 해도 틀리지 않을 것이다. 다시 말해 우리는 같은 시간에(at the same time) 살고 있으나, 같은 시간 속에(in the same time) 살고 있지'는' 않다. '비동시성의 동시성'(에른스트 블로흐)이라는 말처럼 우리는 각자 주관적인 시간을 살고 있다. 여기서 현재의 주체가 기억하는 과거의 사건은 '늘' 새롭게 도래한다. "과거란 현재의 기억, 현재란 현재의 직관, 미래란 현재의 기대"^(「고백록」)라는 아우구스티누스의 말처럼, 지금 현재 마음의 양태로 환원되는 과거는 변형되고 조작된 과거라 할 수 있는데, 이것이 바로 서정시의 기본 원리라 일컫는 에밀 슈타이거의 '회감^(回感, erinnerung)'일 것이다.

이 가운데 일반 사람과 다르게 시인만이 할 수 있는 특출한 능력이 하나 있다. 사람들은 그 능력을 흔히 '추억^(노스탤지어, 鄕愁)'이라 부르지만, 시인은 지나간 시간을 지금 여기의 시간으로 당겨 온다. 바로 '리듬'이라는 능력이 그것이다. "운율을 통해 시간이 압축되고, 비유를 통해 공간이 겹쳐진다."¹⁾는 김인환의 정의처럼 리듬은 1차원의 과거-현재-미래의 선분을 4차원으로 구성한다. 시인들이 끊임없이 자신의 과거와 자신을 둘러싼 사건을 기억하는 이유가 바로 여기에 있다. 시인들은 우발성으로 점철된 이 세계가 결국, 하나의 필연으로서의 가능태로 존재하고 있음을 알고^(또는 믿고) 있기 때문이다.

"더께 진 세월/털어 내면, 여태/거기/서 있는 사람"^(〈옛사랑〉)이 바로 자신이라는 것을 알아챈 한상유 시인은, 소환되고 재구성된 과거가 시인의 내면 풍경으로 새롭게 시화되고 있는 것을 본다. "입안 가득/고이는/옛이야기"^(〈옛이야기 1〉)는 여전히 진행 중이며 앞으로도 영영 끝나지 않을 것이다. "삼류극장에 숨어 졸던, 썩은 새/이고 산 적 없는 서울내기"는 "지지랑물빛/시^(詩)를 쓴다. 문래

---

1) 김인환, 「비평의 원리」, 나남, 1994, 98쪽.

동의/뒷골목 굵은 작달비는/찌든 심상(心象)의 물꼬를 튼/팻물"((옛이야기 4))이 되었으나, '삼류극장'과 '문래동'은 오래전 추억의 공간이 아니라, 시인의 현재화된 '장소(topos)'로 현현하고 있다. 여기서 장소에 대한 특별한 감정 혹은 감성에 따라 촉발하는 '장소애(場所愛, topophilia)'는 결국 시인 내면이 반영된 것이자, 더 나아가 '문학의 공간(l'espace litteraire)'이 될 것이다. 그러므로 우리가 한상유 시인이 형상화한 시공간을 읽어 낸다는 것은 그 시공간의 속성을 읽어 내는 것이 아니라, 그 시공간을 통해 드러난 시인의 내면 풍경일 것이다. 이제 시인은 사물과 자연을 경유하여 자신의 과거를 소환하되, 이때의 과거는 그때의 사건이 '무엇이었다'는 회고가 아니라, '무엇이었는가'의 질문으로 전환된다.

이와 같은 시간의 문제는 곧 자기의 있음, 존재 물음이므로 시인 자신의 삶과 세계를 이해하는 방식이자 본래적으로 살아가려는 선언이 될 것이다. 마치 플라톤이 '상기(想起)'라고 불렀던 이데아를 기억해 내는 영혼의 일처럼 말이다. 따라서 과거를 (계속) 되묻는 일은, 그것이 과연 내게 어떤 의미가 되는지 탐색하는 일이자 내가 누구인지를 고민하는 일이므로 곧, 미래를 맞이하는 일이라 할 수 있다. "묻고 또/물어도/알 수 없던 걸/되묻자니, 도무지/모호한 하늘의 뜻에 따라/그냥/일어난 일이고/그게 나인 걸"((산다는 건)). 그렇다면 시인은 어떤 미래를 기다리고 있는가. 이 글은 시인의 작품을 세세히 뜯어-읽거나 분석하기보다는, 시의 미래, 시인의 미래를 함께 상상해 보려는 의도로 쓰일 것이다.

멈춰 서는 곳

예술의 본질은 우리 삶에 '문턱^(멈춤 가능성)'을 부여하는 것[2]이다. 부유하고 흩어지며 데이터 집합의 ^(경제적) 가치만 있는 4차산업 혁명 시대에서 우리 인간은 끊임없이 미끄러지기만 한다. 타인의 욕망을 모방하기 바쁜 우리 현대인은 긍정성^('좋아요')에 압도당하며 사색적인 삶^(vita contemplativa)을 살지 못하며 노동하는 인간^(homo laborans)으로 쇠락하고 있다. 노동하기 위해 쉬고 노동하기 위해 먹고 잔다. 특히나 코로나 팬데믹 시대를 살고 있는 우리는 생존 문제에 그 어느 때보다 예민해졌고, 공동체 없는 소통, 얼굴 없는 만남이 보편화되고 있다. 지금 여기는 "오대강 다 덜미 치고 만장한/8월. 먼-/나라의 곡소리에도/애달아/가슴 붙죄"⟨pandemic⟩는 곳이다. 이러한 위기 상황 가운데 시를 비롯한 예술은 어떤 역할을 맡고 있을까. 아니, 어떤 역할을 맡고 있어야 할까. 물론, 이때의 역할은 사회 안에서 특정한 기능을 떠맡아야 하는 쓸모^(有用)의 문제는 아닐 것이다.

축하한다며 모인 1차가 아쉬워 어묵과 데운 술 몇 잔을 더 걸치고 어둠이 내린 광화문 모퉁이 허름한 카페에서 듣는 김현식의 ⟨겨울 바다⟩ 여운으로 누군가 기타를 건네기에 ⟨시를 위한 시⟩를 노래하면서 광안리 바다가 보고 싶다 생각했는데 목이 타 깨고 보니 흔들리는 풍경… 이 웬일인 건지 호주머니를 뒤적이다 부산행 열차표

<hr>

2) 한병철, 전대호 역, 「리추얼의 종말」, 2021, 김영사, 57쪽.

를 꺼내 쥐고 거참, 자정을 넘겼으니 출근 첫날에 들어서는 대전역
엔 상행선 무궁화호가 교행하고 있었다.

_〈옛이야기 5〉 전문

"모든 리듬은 하나의 태도이며 의미이고 세계에 대한 상이하
고 독특한 하나의 이미지"[3] 라는 옥타비오 파스의 말처럼 리듬은
곧 세계에 대한 시인의 태도라 할 수 있다. 따라서 하나의 연으
로 문장이 줄글로 이어진 인용시에서 우리는 멈추지 않고 전개
되는 기억과 시인의 쉬지 않는 목소리를 보고 듣는다. 여기서 우
리가 유의해야 할 점은, '옛이야기'라고 해서 흔히 말하는 회고담
(懷古談)으로 치부하며 '그땐 그랬지' 식으로 미소짓고 끝내는 것이
다. 문제는 지나간 과거가 아니라 현재 혹은 미래. 현재 시인은
'시를 위한 시'를 노래할 수 없고, 바닷가를 향한 기차를 탈 수 없
다. 현실은 그럴 수 없기 때문이다. 그래서 '옛이야기'가 되어 버
린 '광화문 모퉁이 허름한 카페', '출근 첫날 들어서는 대전역'이
라는 시공간. 시인은 '옛이야기' 앞에서, 넘지 못하는 '문턱' 앞에
멈춰선다. 나는 지금 어디에 있는가.

늦추 오는 눈은 쌓일 겨를 없이
녹아내려
어둠을 흐리며, 시린
3월의

---

3) 옥타비오 파스, 김홍근 · 김은중 역, 「활과 리라」, 솔출판사, 1998, 77쪽.

목덜미를 타고 흐르는, 그냥

가도 될 길

뚝– 뚝–
흠지는 지난날을 서성인다고
끝날 것 같지 않은 참회의 끝에서
그리움만 남을 때까지

그 거리,
모퉁이에 외등 하나 기대어
옴팍,

젖는다

_〈참회〉 전문

 "늦추 오는 눈"이 "쌓일 겨를 없이/녹아내"리는 "어둠을 흐리
며, 시린/3월"에 시인은 "그 거리,/모퉁이에 외등 하나 기대어/옴
팍,//젖는다". 여기서 '그 거리'는 "흠지는 지난날"의 거리일 것이
다. 그리고 '그 거리'는 여전히 시인 앞에 있다. "끝날 것 같지 않
은 참회의 끝"이 바로 여기, "그리움만 남을 때까지" 서 있어야
할 곳이 바로 여기다. 따뜻한 봄이 와야 할 3월에 "목덜미를 타
고 흐르는, 그냥//가도 될 길" 앞에 시인은 발걸음을 멈춘다. '참
회(懺悔)'라는 단어의 뜻처럼 시인은 자신의 부끄러움과 잘못을 등

뒤로 하지 못할 뿐더러, 앞으로 더 나아가지도 못한다. 눈이 쌓이지 못하고 녹듯이 부끄러움과 잘못에 시인의 몸이 젖는다. 시인은 얼마나 젖어야 할 것인가. "눈물 자꾸 보채던 날들"(《나이테 사랑》)은 언제 끝날 것인가.

시공간에서 글을 내리는 일

현대사회는 우리에게 소비를 끝없이 강요하고 강조한다. 우리는 더 많은 시간과 공간을 생산하려 노력하지만, 정작 우리는 시공간을 잃어버린다. 이때의 생산된 시공간은 '곧' 소비되기 때문이다. 생산-소비의 끝없는 악무한. 우리의 욕망은 죽을 때까지 잠들지 못하며, 우리는 오히려 우리의 시공간에 지배당하며 소모되고 있다. 그러나 시인은 시공간을 정지시키는 사람, 시공간에서 이야기를 만드는 사람이자 찾는 사람이다. "가다가, 게/남은/잔상 속에/차마/머뭇하는" 시인은 "봄바람 스민 순간마다 쑥-/스런 내음/도드라져 어찌나/솔깃하던지"(《춘정》) 하며 '봄바람' 역시 놓치지 않는다.

> 아주 오래전부터
> 풍선(風船)이 닻을 내리던 섬이니
> 오늘과 같이
> 선들거리기만 했을라구요. 때론

희번덕,
눈을 부라리며
먼 바다서 차고 오른 열대의 광풍이
사납던 그 참에도
견뎌 냈는데

화려하던 날은
잠시간,
혼자 무너져 내린 망루가 그러하듯
떠나간 사람들과 잊혔으니

바람과 파도가 다독이기로
풀등이 섰던 하세월이
다ㅡ
속절없다는… 그런
게지요

_〈덕적도 파시(波市)〉 전문

　시인은 덕적도 파시(波市)에서 '속절없음'을 본다. 그곳은 큰 규
모의 '수산시장'이 아닌 아담한 '어시장' 혹은 '좌판'일 것이다. 시
인은 상상한다. "아주 오래전부터/풍선(風船)이 닻을 내리던 섬"인
이곳은 "희번덕,/눈을 부라리며/먼 바다서 차고 오른 열대의 광
풍이/사납던 그 참에도/견뎌 냈"던 곳이었다. 바닷가의 풍경이
으레 그러하듯이 이국적이고 잔잔한 배경 뒤에 모든 것을 집어

삼키는 파도와 인간의 무기력함이 똬리를 틀고 있다. 태풍 혹은 '열대의 광풍'이 그렇게 사납던 그때도 잘 버텨 왔던 이곳과 이곳 사람들은, '한때^(잠시간) 화려했을 것이다. 마치 우리의 '젊은 날'처럼 말이다. "혼자 무너져 내린 망루가 그러하듯"이 우리는 그렇게 시간으로 인해 조금씩 무너져 내린다. 그리고 우리는 우리 곁을 "떠나간 사람들과 잊"게 된다. 떠난 사람이 우리를 잊은 것인지, 우리가 떠난 사람을 잊은 것인지 선후를 따지긴 어렵지만 결국, 시인은 생각한다. "바람과 파도가 다독"이니, 그만하면 됐다고. "풀등이 섰던 하세월"이 "다-/속절없다는… 그런/게지요" 하고 말이다. '덕적도 파시'라는 시공간에서 그렇게 시인은 이곳의 역사를, 시간 앞에 무기력한 필멸자인 인간의 삶을 이야기한다.

1. 1,100고지에 일렁이는 파도

산중의 어섯… 이라기엔
생명의
별
세상. 에서
물 한 모금 물고 날아오른
매
의 하늘 남쪽으로
마라도에 닿은 검푸른 바다, 거센
물결은

대양을 가로질러 와 막
우쭐해진 건지, 늘
그런 건지

게난마씸

반짝이는 어깨를
연신,
들먹이긴

…(중략)…

3. 아주 오래된 기억

톨 멍석에 주저앉은 할망은
일손만 세지
힐끔도 않으시더라만, 그때
어색하게 마주친 섬
아이들의 목덜미를 스치는 바람결에
고양이털처럼 흩날리던 햇살
눈썹에 달고

서너 집 돌담을 더 돌고서야
뱃전에 들먹이던
비릿함과 아울러 길모퉁이 찻집의
창가, 커피잔 속에 잠긴

잔상… 여간
흐뭇했던 게지

게난마씸

_〈게난마씸〉 부분

'1,100고지에 일렁이는 파도', '뱃길 50분', '아주 오래된 기억' 등의 3가지 소제목이 붙은 연작시에서 시인은 '뭍사람'에게는 다소 생소한 제주도^(마라도)만의 장구한 서사를 그려 낸다. 그러나 시인은 제주도의 장엄한 풍경을 그려 내지만, 끝내 종국에는 사람을 향한다. 제주도의 풍경만 그려 내는 것은 기행문이 될 것이나, 시인은 운율을 통해 시간을 압축시켜 과거와 현재를 교차시키고, 비유를 통해 제주도라는 공간을 지금 여기로 당겨 온다. 바로 리듬이기 때문에 가능한 일이다. 그곳은 "생명의/별/세상"이자 "물 한 모금 물고 날아오른/매/의 하늘 남쪽"에 있다. 그러나 그곳은, 그곳의 사람들은 "검푸른 바다, 거센/물결"이 있는 "대양을 가로질러 와 막/우쭐해진 건지, 늘/그런 건지" "반짝이는 어깨를/연신,/들먹"이며 "게난마씸^(그러게 말이야)"이라고 말한다. 신비함 혹은 기이함을 간직하고 있는 "마라도에 닿은 검푸른 바다"에서 시인은 '마라도에 닿은 검푸른 사람'을 본다. 지금 시인은 마라도가 아니라, 사람을 보고 있는 것이다. 3번의 연작시에서 더욱 극명하게 사람을 향한 시인의 마음^(시에의 의지)을 살필 수 있다. "돌 멍석에 주저앉은 할망"을 통해 시인은 다시 제주도를 이야기한다. "일손만 세지/힐끔도 않으시"는 할망과 "아이들의 목덜미를 스치는 바람결에/고양이털처럼 흩날던 햇살"을 병치시킨다. 시인은 낯설었을 것이다. "어색하게 마주친 섬"에서 시인은 이야기를 좀 더 이어 간다. "서너 집 돌담을 더 돌고서야/뱃전에 들먹이던/비릿함"이 무엇이었을까, 이때의 '잔상'은 무엇이었을까, 이때의 '흐뭇함'은 무엇이었을까 하고 시인은 자문한다. 짐짓 모르는 척하고 있다.

　오늘날 시간은 리듬과 방향을 상실하고 가속화되거나 가볍게 휘발되어 날아-간다. 시간에 무게를 더해 주던 의미의 중심 혹은 총체성이 상실되었기 때문이다. '시간의 안정성'이 무너진 현대사회에서 우리는 시간에 머무르지 못하고 '공간'을 '장소'로 의미화하지도 못한다. '각자도생(各自圖生)'이 시대정신이 되어 버린 지금, 우리는 자기 자신(자아)을 지키기에 '무척' 바쁘다. 이른바 '생존'. 그 무엇보다 생존이 앞서다 보니 우리는 급격하게 시공간과 공동체를 잃게 되었다. 이 가운데 한상유 시인은 시를 쓴다. 우리가 지금 있는 이곳은, 이 시간은 무엇이었을까 하고 의미의 '닻'을 '글'로 내리며 시공간을 정지시키는 동시에 이야기를 만드는 일, 이 일이야말로 시인이 가장 잘하는 일, 가장 잘해야 하는 일이 아닐까.

고통이 만드는 세계

우리는 '늘' 시간을 소비하며 산다. 그러나 소비되는 것은 언제나 낯선 것, 자극적인 것이지, 예전에 있었던 것, 과거의 사건이 아니다. 그렇게 과잉된 정보, 잉여의 정보를 훑고 지나가기 바쁜 현대 사회에서 우리는 오히려 지루하다. ^(말초신경을 자극하는) 자극의 역치값은 끝없이 올라가고 있지만, 우리는 '진짜 알고 싶은 것'보다는 호기심을 해결하는 것에 만족한다. '진짜 알고 싶은 것'은 없기 때문이다. "지루함이 늘었다는 건 의미를 만들어 내고 그 의미로 말미암아 스스로를 유지시켜 가는 조직인 사회 또는 문화에 심각한 잘못이 있다는 뜻이 된다. 의미란 그 온전한 전체가 제대로 이해되어야만 한다."[4]는 스벤젠의 지적처럼, 우리의 삶 혹은 우리 시공간에 대한 '제대로 된 이해'가 없기에 우리는 늘 지루하다. 더욱이 한국 사회는 '역동적인 삶(Dynamic Korea)'을 자랑스런 기치로 내세우고 있지만, 이때의 역동은 끝없는 욕망과 소비의 다른 말에 지나지 않는다. 'dynamic'의 어원인 'dynamis(힘)'는 영혼의 능력인데, 우리는 영혼의 능력이 아닌 육체의 생존을 위해 살아가고 있다. 그렇다면 우리가 상술한 바와 같이 시간을 소비하지 않으려면, 지루함(boredom)을 극복하려면 어떻게 해야 하는가.

벤야민은 「사유 이미지」[5]에서 치유력을 가진 어떤 부인의 손을

---

4) 라르스 스벤젠, 도복선 역, 「지루함의 철학」, 서해문집, 2005, 40쪽.
5) 발터 벤야민, 김영옥, 윤미애, 최성만 역, 「일방통행로 · 사유이미지」, 도서출판 길, 2007, 228~229쪽.

짤막하게 소개한다. 그 부인의 손동작이 마치 이야기를 들려주는 것처럼 느껴진다는 것이다. 그리고 이야기의 흐름을 막는 댐이 '고통'이라면, 고통의 낙차가 클수록 모든 것을 망각의 바다로 쓸어가 버릴 정도로 '곧' 무너질 수밖에 없다고 말한다. 그렇게 무너지고 나서 유유히 흐르는 혹은 거칠게 일렁이는 바다(河床)을 어루만지는 일을 벤야민은, 어머니가 침대맡에서 어린아이의 머리를 쓰다듬는 행위로 본다. 어머니의 손길이 이야기가 흘러갈 강바닥의 흐름을 만들어 준다는 것인데, 여기서 우리가 주목할 부분은 '어머니의 손길'이 아니라, '이야기의 흐름'과 이야기를 막는 '댐-고통'이다. 고통이 이야기의 흐름을 막지만, 고통이 클수록 이야기가 그만큼 강력해지고, 그 이야기의 흐름을 만들어 내는 것이 곧 고통이라는 것이다. 다시 말해 시간의 지속성(멈춤 가능성)을 가능하게 하는 것이 바로 고통이다. 이때의 고통은 현재의 고통 또는 현실의 고통이기도 하지만, 더 정확히 말하면 (도래하는) 과거의 고통을 재해석할 때 따르는 고통이다. 과거를 재해석할 때마다 주체의 주체성이 매번 다르게 결정되기 때문이다. "세월은 먼지,/털어 내면//기억은 아픔"(《옛사랑》)이지만, '옛사랑'을 기억(해석)할 때마다, 과거를 재해석할 때마다 우리의 지금 여기를 다시 생각하게 된다. "아스라이, 옛이야기 에두르는/길가엔//이정표 하나"(《사랑 가는 길》)가 있는 것처럼 말이다.

　　종지만한 어린 속내라도

야지러져

봄바람 차며
제풀에
토라지든 나무람 타든

둔덕에 해 떨어질 텐데
여태, 빈
바구니엔 설움이
철- 철-

_〈소녀〉 전문

시인은 ^(기억 속) 소녀를 떠올린다. 누군지 알 수 없다. 다만, 시인
은 소녀의 "종지만한 어린 속내라도/야지러"질 수 있음을 '뒤늦
게' 깨닫는다. "봄바람 차며/제풀에/토라지든 나무람 타든" 간에
"둔덕에 해 떨어질" 때 "여태, 빈/바구니엔 설움이/철- 철-"가
득한 소녀. 여전히 시인이 정주하는 여기는 '둔덕에 해 떨어지는
곳'이고, 여전히 소녀는 '빈 바구니에 설움 가득'하다. 그런 소녀
의 고통^(설움)은 앞으로도 계속 시인에게 도래할 것이다. "한 떨기
의/앙큼함/할퀴고야 따르는/향기"^(《찔레꽃》)처럼 말이다.

하매나…
서성이다가
으스름 스민 탓을
물어도

여남은… 그
사내의
비척걸음 따라
가며

대답 없이…
쓸쓸한 눈길로
아주
스민 듯

못내,
무너지는 어깨 위에
달빛…은
먹장

_〈달빛은 젖다〉 전문

　이번에는 '달빛'이 '사내'의 서사를 보여 준다. 달빛이 "서성이
다가/으스름 스민 탓을/물어도" 사내는 대답하지 않는다. 다만
사내는 "비척걸음"으로 "대답 없이…/쓸쓸한 눈길"로 걸을 뿐이
다. 달빛은 그런 사내의 비척걸음을 말없이 따라간다. 결국, 사
내의 "못내,/무너지는 어깨"에 달빛은 검은 그림자^("먹장")만 드리
운다. 달빛 또한 사내의 고통에 젖고 있다. 어쩌면 달빛으로 인
한 지상의 그림자들은 모두 '못내 무너지는' 고통의 그림자일지
도 모른다.

창밖에 눈이 내린다고, 서글프면
서글픈 대로
백마역엘 가야겠다고
눈싸움하다 뒹굴기도 하고 언 손 녹이며
막걸리를 들이켜더니 일렁이는
눈망울 섞어

그래야겠지만
함께
하고도 싶어. 해도
말이 없어 한 번 더
물으려다, 아주
맥빠진 웃음을 보이고는…

몇 번인가 전화를 걸어
뭐 하고 있어? 묻기는 했지
가끔, 잘 있는 거지? 라고, 나도… 그렇게

멀어지는 아주
야속한 결심으로 찌푸리던 미간마저
또렷한 밤, 하늘
보며 그땐 ——
미안했어, 하기도 멋쩍어
시큰해진 코끝에

눈이 내리네요.

_〈옛이야기 9〉 전문

눈 내리는 날에만 도래하는 사건이 있다. 끝내 소멸하지 않는 사건이 있다. 눈 내리는 날, "서글프면/서글픈 대로/백마역엘 가야겠다"는 당신, "눈싸움하다 뒹굴기도 하고 언 손 녹이며/막걸리를 들이켜더니 일렁이는/눈망울"을 가진 당신, 시인은 그때 당신에게 "함께/하고도 싶어" 하고 제안하지만, 당신은 말이 없다. 이후로도 시인은 "몇 번인가 전화를 걸어" (괜한) 안부를 묻는다. "뭐 하고 있어"라는 말은 무언가를 당신과 함께하고 싶다는 뜻이고, "잘 있는 거지"라는 말은 (나는 잘 지내지 못하고 있는데) 나와 당신이 같이 있으면 잘 지낼 수 있다는 뜻일 것이다. 아련하게 말이다. 당신의 "야속한 결심으로 찌푸리던 미간마저" 여전히 또렷하다. 당신에게 "그땐/미안했어"라고 말하기도 멋쩍은 시인의 "시큰해진 코끝"은 눈 내리는 날마다 반복될 것이다. 당신에 대한 고통(미안함)은 눈 내리는 날마다 찾아올 것이며, 눈 내릴 때마다 시인은 당신과의 세계에 거주하게 될 것이다. 여기, 고통이 만드는 세계를 보라.

미학적 힘, 미학적 인간

한상유 시인의 이번 시집에서 보여 주고 있는 세계상(world picture)은 소환되고 재구성된 우리의 과거가 어떻게 새롭게 해석되고, 지금 여기의 시공간을 어떻게 향유해야 하는지를 잘 보여 준다. 이때 소환된 시공간은 고통을 매개로 한 '사건'이다. 시인에게 고통은 시간에 무게를 더해 주기 위한 의미의 중심(빛)으로 기능하며, 시공간이 소비되고 소모되는 것을 막기 위한 저항이다. 한상유 시인은 시공간을 정지시키면서 동시에 이야기를 찾는다. 그 시공간을 통해 자신의 존재 가능성을 살핀다. 그 시쓰기가 바로 한상유 시인을 시인으로 만들어 주는 힘, 영혼의 일이자 리듬의 일일 것이다. 시인에게 시공간은, 단순히 주어진 것이나 흐르는 것이 아니라, 도래하는 시공간이자 남겨진 시공간이다. 더욱이 한상유 시인은 시공간을 통해 시란 무엇인가에 대한 질문과 함께, 인간의 삶은 무엇인가 또는 인간은 무엇을 위해 사는가 라는 존재론적 질문에 해명하기 위해 시를 쓴다. 끝내 해명되지'는' 않을 문제지만, 그 끈질긴 노력에 미학적 힘이 점차 응축될 것이다. 그와 같은 미학적 인간을 우리는 시인이라 부른다.

김남규

2008년 조선일보 신춘문예 당선. 가람시조문학상 신인상 외 수상. 고려대 문학박사. 시집 「밤만 사는 당신」 외, 연구서 「한국 근대시의 정형률 연구」, 현대시조입문서 「오늘부터 쓰시조」, 평론집 「리듬은 존재 저편으로」, 인문학서 「모던걸 모던보이의 경성 인문학」 외 발간. • knk1231@naver.com